KB059634

오래

오래

권덕하
시집

솔
시선
27

둥구나무 그늘에 들마루 있고
이웃끼리 너울가지 좋게
웃음꽃 이야기꽃 피우던 '오래',
바람과 햇살 어울려 흥얼거리던 곳이
한없이 그립습니다

골목과 이웃이 사라집니다
찬바람 부는 거리에
쓸쓸한 사람들이 늘었습니다
여느 구석에서 '오래'를 그리며
말이 앓다 뿌리 내립니다

그동안 써온 작품들을 모으고 추려
시집 지어 올립니다
찔레꽃머리에 말을 심고 뜻을 길러
가을하는 심정입니다
이 일에 여러분의 도움 또한 컸음을 알립니다

2018년 가을
권덕하

| 차례 |

시인의 말 … 5

1부

혼잣말 … 12

가객 … 13

파랑 대문 옆 의자 … 14

천도복숭아 … 16

팔진법 … 18

생업 1 … 19

말없는 이야기 … 22

우리 사이 … 24

금강 그늘 문 … 26

거문들 산조 … 27

꽃길 … 29

눈 … 31

대추 … 33

가을 금산 … 34

빈집 1 … 35

석교에서 … 36

낙법 … 38

노시산방기老柿山房記 … 40

2부

무성영화 … 44

조용한 밤 … 45

동백조문冬柏弔問 … 46

빈집 2 … 47

실비 … 48

스크린도어 … 49

사월의 눈 … 51

빈방 … 52

유족 … 53

폐촌에서 … 55

오월을 걷다 … 57

단정꽃차례 … 59

자정에 … 60

바깥 … 61

고향 집 일주문 … 63

점심 … 64

색계色界 1 … 65

색계色界 2 … 66

3부

시간의 그림자집 … 68

정처 … 75

천개동 물소리 … 76

종鐘 … 77

통점 … 78

가을날 … 80

생업 2 … 81

미신 … 82

연가 … 83

건달을 위하여 … 84

백중사리 … 87

병원 옥상정원 … 88

실향 … 89

뿔 … 90

연못 … 92

소원 … 93

다석多夕 … 94

하룻길 … 95

해설　존재의 원형을 찾아가는 선연한 기억들
—권덕하의 시세계__유성호 … 96
부록　낱말풀이 … 116

1부

혼잣말

볕에 나와 있다 여우비에 젖는 말

울 밑에 자란 한련 잎이 듣는 말

손차양하고 갠 하늘 보는 말

흰 여울에 산그늘 실눈 뜨는 말

새끼 놓치고 허둥대는 갯강구에 내리는 말

노을 바다 아득히 건너가는 말

어긋난 사람에게 두고 온 별처럼

울먹이다 가뭇없이 지는 말

가객

참매미인가, 잠결에
머리맡에 날아와 운다
꺼억 꺽 넘어가는 목청이 수리성이다
땅속 세월 다 쓸어 간다

허물조차 없는 자리에 외떨어져
북채처럼 앉아 울다
물때 서둘듯
비 냄새에 계면조 그늘만 짙더니

나뭇등걸 파고들다
끌자국처럼 멎은 소리
어디 있나 찾다가

가만,
땀 들이는 선풍기 속 들여다보니
평조로 바람 감던 벙어리 물레
부러진 날개 하나 감추고 있고나

파랑 대문 옆 의자

의자가 서 있다
한 번 앉아본 적 없는 의자는
누군가 앉아 있던 그대로,
파랑 대문 옆에 서 있다

아직 누군가 오지 않은 모양인데
기다릴 때는 좀 앉아도 좋으련만
두 발로 걷는 사람들 못 미더운지
네 발로 우두커니 서 있다

콧물 훔치던 소매처럼
살이 트고 가죽은 늙었다
너나없이 살아온 생애에
잠자리 머물다 가고
먼지가 다시 내려앉고

꽃잎들 뒤척이다 돌아간 뒤
바람도 앉아보곤 일 없다며

검은 비닐봉지 차올려
해 기울이는데
쓰러진 말이 일어나길 기다리듯
의자가 오래오래 서 있다

천도복숭아

면사무소 옆에서 복숭아 팔고 있드라
할멈 잠깐 자리 비운 참엔
며느리가 팔고 있드라

깨진 것, 벌레 먹은 것, 잎사귀 달린 것
모두 다 그러모아 수북이 쌓아 놓았드라

번듯한 상자에도 담지 못하고
그냥 골라잡으라드라

머 이런 걸 팔고 있대유 이 더우에
허리 굽은 장조카 겨우 걸어와 묻는데

그럼 워쩌, 영감 세상 뜨기 전
지은 농사 이게 전분데

늦더위에 시달리는 것 사 왔다고
팔십 넘어 혼자 된 어른

비닐봉지 꽉 차도록 담아주는

남은 전생,
변변한 것 없으니
불 끄고 먹으라드라

팔진법

강 흐르는 볍이여 먼 길 걸어온 도붓장수 등짐 풀어놓듯 모래톱 쌓는 볍이여 손가락 사이로 바람결 헤는 볍이여

헐은 마음 만지듯 빈 소주잔 쥐어보는 볍이여 학 타고 놀다 곤히 잠든 이 앞에 잔 하나 더 내려놓는 볍이여 고시레 헌 것까지 여덟 잔이면 충분해도, 그냥 한 병 더 시키는 볍이여

양팔 잡고 아이 그네 타는 볍이여 두 팔 벌려 내 임 얼싸 안는 볍이여 저물녘 뒷산이 앞산 등 토닥이는 볍이여 상가 마당에 쪼그려 앉아 화톳불 쬐는 볍이여

일 나가다 빈 까치집 올려다보는 볍이여 밭고랑 사이 두 손으로 끌고 가던 몸에 초저녁별 뜨는 볍이여 마른 방죽이 입술 사이로 달무리 맞는 볍이여

우렛소리 가까워지다 멀어지는 사이 헤아리는 볍이여 천지간에 사람 드나드는 볍이여

생업 1

 그는 상자를 만들어 팔며 살았다

 상자를 산 사람들은 상자 속이 궁금하지 않았으나 어쩌다 그 속 들여다보면 바깥을 까맣게 잊어

 무얼 담을지 망설이다가 집에서 가장 성스러운 곳에 빈 채로 모셔 두었다

 그는 늘 슬픔이라는 꽃잎과 기쁨이라는 줄기와 함께 겸상했는데 슬픔과 기쁨이 어울려 가끔 술 마시는 것 못 본 척했다

 그는 왼손가락으로 추억을 주로 집어 먹었으며 꼭꼭 씹어 소화가 잘되도록 애썼다 식사는 힘든 일이었지만

 잘 참았다 기억의 가시가 목에 걸리고 얹히거나 해서 고생한 후로 그는 늘 시간의 고삐 잡고 흐르는 물 잔에 담아놓고 식사에 임했다 상자처럼 술과 차를 멀리하고

민들레나 쑥 심지어 망초의 보법을 연구하며 시간 보냈다 날 선 추억 교묘하게 피해서 지렁이 많은 땅에 착지하는 씨앗이나 도토리거위벌레에게 잘린 굴참나무 가지의 낙법을 바라보며 상자도 그러하길 원했다

바람의 정원에서 산수국이 헛꽃 뒤집고 씨앗 맺는 것 바라보다 세발까마귀 귓속에 숨겼다가 말향고래 귓속으로 옮긴 씨앗을 기억하고 나서 그는 눈감고 상자가 떠오를 때까지 기다렸다

어제바람과 내일바람 불러 상자를 정원으로 옮기도록 이르고 일이 끝날 때까지 참나리에 붙은 호랑나비처럼 눈뜨지 않았다

여러 바람이 지켜보는 가운데 상자는 씨앗의 낙법을 익혔으며 그늘은 상자에 꽃을 새겼다 꽃차례는 유, 무한 가리지 않았으나

상자에 진 꽃잎들 볕 밝은 바위 위에도 내려앉았고 상자
는 그 위에 놓였다 저녁놀에 물든 꽃잎 몇은 바위에 스며 귀
꽃을 피웠다

　　그는 한 해에 가장 아름다운 상자는 팔지 않고 남겨 슬
픔과 기쁨의 식솔들에게 맡겼다 그것이 그의 연보를 이루
었다

말없는 이야기

밥 먹을 때 말하지 마라
말하지 않는 거다

어렸을 적 외가에 가서 저녁 먹다가
국숫발마다 질겅질겅 씹히는 게 있어
혼자 투정하는데
모깃불처럼 말이 없던 어른들

어느 해인가 겨우내 끼니때마다
묵은김치에서 석유 내가 났으나

김장할 때 날 추워 피운 석유난로에 대해
고무신 신고 배급 밀가루 타오다 미끄러진
시오리 빗길에 대해
흙빛으로 가라앉을 뿐

손님 가면 물 말지 않고 남긴 대궁이
기다린 보람이고

맨 상추쌈에 된장만 있어도 황송했던 시절
채독 오른 누이 얼굴에 대해

일찍 상을 물리고 바깥으로 나가
구부러진 못이나 펼 뿐,
모루처럼 말이 없던 어른들

우리 사이

우리 사이에
글자가 생기기 전
글자 쓸 일도 없고
그러니까 글씨가 없을 때
엄지머리거나 꼭지거나 해서
때로는 듣는 사람도 없고
기척으로 다 통하고
인사가 따로 없을 적에
터 물고 오래 있다가
느려터진 뿌리로
그늘이나 권하는 느티나무처럼
죄다 터주고 터무니여서
제자리서 볼 일 다 보고
해 있을 때 할 일 다 해
저녁이면 모감주나무 꽃이나 주울 때
나누는 이야기 넋두리라
염두에 둘 일 없고
곡주가 쉬고 사연이 없을 때

스무 해 넘게 산 늙은 산닭 눈곱이나 떼 주고
밤에는 하늘에 별자리나 잡아주는,
글자가 생기기 전
기억할 일도 없고
그러니까 말하자면 유문도 없는

금강 그늘 문

강에 구름이 여닫는 문 있다

물살도 걸려 있는 지도리에
갈대들 일제히 눈길 묻을 때
신발 한 짝 개흙에 잠겨

맨발로 돌아갈 길 잃은 적 있다
너를 보내고 꿈속에서 울다 깬 툇마루에
어룽어룽 그늘 오래 열려있던 적 있다

네가 딛고 간 것은
그물 사이로 풀려나던 물고기 그림자라
속으로 버드나무 살갑게 뿌리 벋는데
풀등 에우다 물살이 숨 고르는 곳

목탁새 한 마리 벼룻길 두드리자
낮달 문고리,
물속에서 흔들거린다

거문들 산조

유일무이하게 술 마신다 싸락눈 나리는 물안, 바람벽 코 앞으로 끌어당겨 놓고 낙서 들여다보고 있다 뒤처진 낙안落 雁의 행적 더듬는 것이다 취안이다

밭고랑이었다가 오래 고살이었다가 삽이나 곡괭이 세워 둔 벽의 바깥이었던 생을 마주한 것은

얼어붙은 뜬물 속 강심으로 흘러, 북벽에 닿은 가락 때문 이다

오동나무 공명판과 안족雁足으로 받친 줄 위에서 저물도 록 놀다 휘도는 물굽이가 술대 끼고 내어 타거나 세게 내리 쳐 뜯어낸 곡절 있어

등진 개울 건너 들판 힐끗하다가 얼음배 걸터앉아 허공 에 잔 놓으면 댓돌 탁자에 결심의 금이 가기도 하지만

백태 낀 눈으로 올려다보는 대궁에서 간신히 고개 돌리

고 더운 국물 청하듯 조문객 두엇 날아와 빙판에 시린 발로
말 없는데,

  찬술 올리고 엎드려 곡할 때 잊힌 가락이 허물어진 집 두
어 채 품고 있다 아쟁 소리 타고 내리는 눈, 눈, 이 산 저 산
장하게 떠메고 가는 눈벌판

꽃길

밤이 여우 눈 뜨고 있다 오후부터 기다렸는데 열 시가 넘어서야 다 모였다 갔다 민들레 씨가 떠다니는 허공에 불 놓으며

여덟 시 전에 한 사람 숨이 차서 오고 그다음에 멀리서 두 사람 파리해져 오고 아홉 시 반이 지나 한 사람 팔에 붕대 감고 왔다 열 시쯤 또 한 사람 와 붉은 얼굴로 술병 건넸다

몇이 들어서고 몇 일어서고 엇갈린 걸음에 문이 자주 열렸다 닫혔다 가고 남은 사람 향해 어둠은 한결 부드러워졌으나

흩어진 꽃잎 밟고 왔다 한다 흩어진 꽃잎 밟고 갈 것이라 한다 빈 항아리 같은 몸으로 오고 갈 일 남았는데 온몸 밟고 가도록 허락한 길,

누구에겐들 다시 이런 봄이 오겠냐만 간절한 마음 몸으로 파고든 길 아직 멀고먼데

몸 기울어지던 세상에서 귀 세우다 잎으로 돌아간 자리
마다

모두 제 몸에서 짙어진 밤 그늘만 바라보다 간 것이다 바
람벽에 어른거리다 간 것이다

눈

　고물상 마당귀에서 철근 펴는 사람 있다

　혼연일체 탕탕 두들겨 맞는 모루, 맞는 데 이골 난 것들이
가까스로 허릴 펴 주는 아량을

　바라보고 있다 돈도 안 되는 노동으로 저무는 마당에 고
물들 사이로 튀는 빛, 빗나가자마자 쏜살같이 달아나는 것
을 보며

　죄지은 듯 어둠 나눠 갖고 있어, 말할 사람 없어 다행이라
는 듯

　발자국들 새 되어 날아가버린 뒤 목울대 치며 저무는 하
루해 잊고

　녹슨 노을에 몸 내주고 있는 몰골이 전부인 고물들의 저
녁, 편경도 아닌 것 망치로 내리칠 때

튕겨나온 빛이 모인 무덤가에 또 불현듯 생기는 빛,

고물들 노안老眼에 돌아가 박혀버리고 돌아오지 않는

과녁 없는 마당이다 어둠 속에서만 들리는 미약한 빛, 그
러다가

세차게 부딪치는 순간, 사정없이 빗나가서 생기는 파편
으로만 보는 눈, 시간의 그늘에 묻힌

세상은 순식간이다

대추

　빨래 널고 잘 익은 생대추 한 알 깨물고 나니 툇마루 가을 볕이 달디 달다 손에 잡힐 듯 가까운 앞산에 살았다던 불목하니 얼굴 뵐 듯하다

　위에서 아래로 부는 바람에 지는 것이 오동잎뿐이더냐 어젠 자동차불 켜고 깻대를 베었다

　수저로 떠서 술 한 말 먹는다는 상식이가 고샅길 걸어올 것 같은 날, 지붕에 가죽나뭇잎 말리던 집 마당귀 개비름 쇠고 아줌니는 자식 생일 잊었다고 눈물짓는다

　우물 덮은 나무판에 서럽게 내리는 빛을 만나지 못하는 것이 있어, 바라만 봐도 좋은 마당 볕이 그립지 않으랴마는 그도 저도 다 가고 말았다는 말에,

　나무 한배에 열린 자식들 이구동성으로 하늘 높이 햇살 차올린다

가을 금산

추부 지나온 가을비에 젖은 마음이 열쇠다 문을 흔드는 것은 바람이 아니라 내가 지은 죄다, 나뭇가지에 걸어 둔 손짓이다

내가 볼 수 없는 몸 구석에서 지난여름을 찬찬히 읽는 남들이 늘었다 꿈 찾아온 어린 뱀이 내가 적은 글을 하나둘 삼켰다

돌멩이 낚고 돌고기 방생했다 바람 물들인 천래강은 용담이 한 이야기다 반딧불 기억하는 밤 물속에 잠기고, 숨죽여 듣던 소리 배에 실려 강바닥 깊이 가라앉았다

바람 극장 빠져나온 귀 챙겨 산에 들던 날, 나뭇잎들 뒷걸음치던 영각이 있었다 섬돌 베고 누운 그림자 있었다

머들령 넘어온 가을 법정에 붉은 눈들 참 많다, 내겐 기다려야 할 일이 남았다

빈집 1

　몸 먼저 깨어나 베갯잇 가만히 만져 본다 손가락에도 눈 있는 듯 응달진 곳에 가 있다

　횃대에 걸려있는 허물 뒤로 희붐하게 봉창 밝아 어디서 다쳤는지 모르는 상처 늘었다

　간밤을 도왔던 발자국들 다시 되돌아가는 먼 길, 알 수 없는 일이 생긴다는 말 돌부리에 걸리고

　매듭지지 못한 낯꽃으로 서두르는 모습 어디서 본 듯한데

　먼지 털다 자꾸 이불귀 놓치는, 정녕 마음이 낯설기만 하다

석교에서

나보다 오래된 다리 건너다 새떼 본다

세 살던 집터, 주차장으로 변한 자리에 나를 우두커니 세워두고 온 뒤

다리는, 교회 가던 다리는 젊은 어머니 부산하게 걸어가던 곳

임진강 건너 군대 갔다는 아들 소식 듣고 허우적대던 캄캄한 뙤약볕 속

오늘은 내가 그 다리에 서서 한 느낌이 든다 나보다 오래된 다리가 무언가 기억하는 듯한데

치맛자락 붙든 내 모습 흐뭇하게 바라보던 시장 아주머니들처럼 다리 귀퉁이에 터 잡은 질경이들 또한 나를 보고 있는가

그늘 한 점 없는 거기 뿌리내린 기억으로 저물어 바삐 걷던 일도 다 아는 듯하다

먼 하늘 구름발치, 한 세상 무연히 건너가는 새떼 본다

낙법

그는 손바닥으로 처맛물 받으며 놀기 즐겼고, 책을 멀리 하였다

고향이 물에 잠기기 전, 마을 고샅길로 첫물 들어올 때 가장 신났다

탁 트인 강물 위 달리는 바람 맨발 부러워하고

새 옷 입기 쑥스러워 헌 옷 나기만 기다렸다 대문이 두려워 개구멍으로 출입하고

오리나무 가까이하고 늘 새총 지니고 다녔으며

어떤 말 듣고 귀 씻었으나, 그 바람에 평생지기 잃었다

술 취하면 가끔 어딜 다녀오는지 새벽에 온몸 젖고 흙투성이로 쓰러진 채였는데

옷과 신발 머리에 이고 강 건너가 빈집 마당에 가득한 개
망초 뽑았다

노시산방기 老柿山房記[*]

감또개 같은 제자들 모아 놓고 감밭에서 친구 얘기하신다.

그 친구 연인이 젊어서 스스로 목숨 놓았단다. 여기서 먼, 아주 캄캄한 곳에 감꽃이 지던 날 얘기다. 장로의 아들이지만 그 후 평생을 술로 살다가, 다 늙어 타향에서 옛 친구를 만났는데,

그 친구가 장로라는 말에, 좋아하던 술 한잔하자는 말도 못 하고, 감잎같이 귀만 붉어져 갔다는 얘기다.

제자가 말을 조곤조곤 한다는 남자와 재혼한다는 소식이 섞일 때 곶감 말리던 얘기 멈추고,

죽은 그 친구가 젊어서 처음 나온 나일론 남방 입고 다닌 얘기 하신다. 대학 학생증이 비치게 위 호주머니에 넣고 고향 버스 타면 처자들 공연히 몸 부딪치더라는 얘기도 하신다.

---

[*] 김용준, 『근원수필』에서 빌려옴.

감 따러 오면 식전에 오든 오후에 오든, 단감 한 상자와
빈집 열쇠도 주겠다고 하신다. 세상 어디쯤 강이 흘러야 사
람 그림자 어리듯 인적 드문 두메에 감나무라도 두어야 사
람들 모이는 것이라고, 여기 와서 그냥 감만 따겠냐고, 고구
마 쪄온 당숙 눈치 없는 이야기도 들어주고, 감나무 우습게
여기는 마누라 들밥도 먹어보고 하는 것이라고,

술 한잔 더 하자는 말씀에 도사리 같은 제자들 따라나서
지 않자, 멀리 마중 왔다가 멋쩍게 혼자 되돌아가는 늙밭 감
나무 한 그루, 낮술에 수줍은 무릎 위로, 때 이르게 감잎 지
던 날

2부

무성영화

악다구니에 비까지 내려
컴컴한 목구멍 속
말이 되지 못한 것들 고여 있다
아비규환인데 들리지 않는다

묵념하고 있을 때
폐수를 방류하는
과거라는 공장,
그 다물지 못한 구멍으로
내시경 카메라 들어가
오장육부의 일기
샅샅이 중계하지만

마스카라로 밑줄 그은 눈에
검은 자막 흐르는데
소리를 압류당한 사람들
퍼런 눈자위가
뜻을 얻지 못하고
얼굴에 머물러 있다

조용한 밤

통째로 불을 깔고 앉은 혓바닥
얼굴 없으니
입도 없다
팽팽한 겨울밤이
목구멍이다
붉디붉은 홍금에
고이는 육즙
제 무게에 짓눌린 비명
연기처럼 새어 나온 자백에
흥분한 짐승들
도마에 놓였다가
송전탑 위로 달아난 그믐달도
눈감고 있다

동백조문冬柏弔問

우네
발뿐이어서
발가락으로 우네

우물 메운 자리
눈먼 땅으로
꽃은 지는데

맨발뿐이어서
눈물 훔칠 수 없는
꽃자리,
천 길 우물이어서

아픈 곳에 손 가듯
이는 바람결에

온몸 붉도록
발가락뿐이어서

빈집 2

마당에서 비 맞고 있는 빨래들
단추 꼭 채우고 있다

소매와 호주머니에서
물이 줄줄 샌다
낭비하고 있다

발그림자 하나 없는 저녁
기억의 파랑 대문 열어 놓은 채

식구들 다 어딜 가고
단추 하나에 목이 잠긴 집

실비

비 오면,
풀잎 아래 깃든 벌레 생각
나뭇잎 아래 나비 생각
둥지 위에서 비 다 맞고 있을
어미 새 생각
잠들지 못하는 사람들 생각

왜 한 번 다녀가지 않니
허공에 새기려고
오래오래 자식 바라보던
눈길에 내리던 비
가늘고 가는 숨결에
하얗게 듣던 비

스크린도어

문이 닫히면서 말문이 막힌다
닫히지 않은 틈으로
한숨이 흘러나올 때만 해도
가로등은 행복의 보폭을 재고 있었다
덮이지 않은 과거의 하수 냄새가
모욕을 끼얹는다 혼잣말이
최후진술처럼 빗나간다 어둠 속으로
떠밀려가는 기억이 심장을 겨냥해도
과녁은 나뭇잎에 가려진다
시도 때도 없이 여닫히는 말문들이
식욕을 위협한다 맛없는 육교를
백수광부의 딸이 건너간다
걸음만으로 지워지는 과거에
이제 아무도 살지 않거나 모두 살고 있다
아픈 뼈를 나눠 가진 안개를
트럭으로 부려놓고 가는 새벽
호주머니 없는 작업복들
보건체조를 얼마나 많이 했던가

단풍 수혈로 연명하는 계절이
어둠의 집도에 안심한다
너나없이 살아가는 습관마저
낱개로 헐값에 팔리는 거리,
사막에서 모래를 찾는다
미세먼지가 짙다 어디선가
컵라면 냄새가 조심한다
스크린도어가 닫힌다

사월의 눈

물속에 눈 있다 다리 밑 지나가는 물고기처럼 나뭇잎들
흐린 하늘 바람결 보고 있다

생각 없는 슬픔 지나간다, 울지 않는 생각 눈감고 있다,
계단 흘러내려 가는 물이 생각 덮는다, 물에 잠긴 슬픔 시간
멎고 눈은 구름 속에 해를 못 박는다,

알리바이가 없는 이들 눈 보며 쩔쩔맨다, 형틀에 몸이 묶
인 해의 변명, 비명처럼 물속에 가라앉는다, 잠이 부족했다
는 진술 상자에 담는다, 신발 벗겨진 발뒤꿈치 숨 쉬던 그늘
버린다,

비에 젖은 옆구리 늘 허전하고 자전거 물속에서 제 갈 길
간다, 뱀들이 대가릴 내민 연못에 동심원 무수히 피었다 지
고 과녁마다 잠망경으로 솟아오른 물음들 비 맞고 있다,

감은 눈 다음 뜬눈이 밤새 만나지 못하는 눈들, 물속에 잠
겨 있다

빈방

너의 눈길은 바닥에 흩어진 흰 꽃잎에 오래 머물다 갔다

발길 돌리면 따라붙던 그늘도 사흘 치 그믐 쪽으로 여윈 달처럼 새벽까지

미간에 머물다 갔다 노란 리본 접어 염念 붙잡고 자책하는 표정에 빗물 들었다

문 곁에서 심장처럼 두근거리는 우체통만 아니다 아직도 열쇠를 못 찾은 발길로

헤어질 줄 모르던 우리, 모감주 묵주 신고 돌아온 운동화에 눈물 뿌려도

덧없고 덧없어도 모래만으로도 기척 있던 집에 이제 비울 수 없어 밤새워 불 켜 놓은

방만 남았다

유족

끼니마다 바람결에
물결에 밥 떠먹이다
입던 옷 물속에 담그고
오래 저어보다가

눈물에 눈먼 사람
고개 드니
언덕에 모감주나무 한 그루
서 있습니다

먼 길 돌아와
조그마해진 아이들
무성한 가지에 사뿐 앉아
손가락 걸며
환한 얼굴로 소곤거리다

맑은 바람 타고 내려와
배냇짓 하며

볼 닦아줍니다
옷깃 여며줍니다

어디에 서 있는지 모르고
죄 많은 줄 모르고
돌아갈 곳도 모르고

참 오래 살았습니다

폐촌에서

녹슨 대문 넘어진 채 나를 끌어당긴다
닫힌 그 앞에서 가슴 설레며
서성였던 적 있었던가
비바람이 닫고 또 닫아서 이른 곳에
이제 헐릴 집 한 채 남아
일련번호 낙인 받고 우두커니 서 있다
고물상이 선돈 주고 찍어 놓은 문 곁에
급한 물살에서 건져 낸 세간들 어지러운데
내게 챙겨 줄 것 찾는지
마른 호박 꼬지에 눈길 두는 마음 서럽다
이웃지 하나둘 보상받아 도시 변두리로
문고리까지 빼가지고 떠난 마당에
살다가 다시 만나 나눌 술자리
일 없다고 소반까지 뒤집어 버렸는데
어둠만이 문병 오는 폐가들 사이
홀로 남아 버티는 저 어른
가슴에 족두리 꽃 남기고
황혼 걸음 먼저 놓은 식구

이장할 추억 부지깽이로 짚고서
저러는 게 아니다 저러는 게 아녀
끌끌 굳은 혀 차며 서 있는데
서리 바람 속 찢긴 하우스 근골처럼 휜 몸
검버섯 핀 형광등 우는 소리에도 행여
아침 드시러 오시라는 동네 아이 소리
이명으로 듣고 계시나
뭘 보자고 새벽달은 빈 마을 소작지에 남아
살구나무 가지 붙잡고
흐려지도록 몸 풀고 있나

오월을 걷다

갑오년 오월 길동무 둘이 길 잃었다 모두 신 찾아 떠난 거리 말 더듬듯 나무마다 흰 소금밥 얹은 일요일 아침

가야 할 길 묻지만 오토바위에 앉은 사람 말 없다 갈 곳 없는 사람 갈 곳 있는 사람 보면 할 말 없어지는가

우리는 버스 대신 걷기로 했는데 그날처럼 섬이라 생각하고 물어물어 가면 배 탈 수 있기 바라며 아직도 비린내 나는 과거 젊어지고 걷는 길이기에

발바닥에서 몸속으로 고루 퍼지는 해장술 같은 햇살 탓인가 그늘이 두 가슴 찌른다 그늘 찾던 사람들 안색 여적 남아 있는

일요일 아침이여 빈 운동장 걸어가는 하릴없는 두 눈동자여 무량한 바람도 아프다 발자국 하나 남지 않은 구석이 앓고 있다 지정된 곳에서만 저쑿는 애도를 뒤로 밤사이 서둘러 자리 뜬 혼들이여

공교롭다 맑은 날에 흐린 마음들 자욱하게 피어나는 길
가엔 그날처럼 귀만 무성하게 자라 풀씨 까맣게 지는 소리
라도 들릴 것 같고

상점들 모두 문 닫았다 안은 검은 상복 입고 어두워 들여
다보이지 않는다 어디선가 문이 쾅하고 닫힌다 등 뒤에 호
렴 뿌린 듯 오갈 데 없다 플래카드에 몇 마디 할 말 없으며
그저 걸어가는 것인데

그토록 오래 걸었으나, 가도 가도 제자리인

단정꽃차례

하늘에 감옥 생겼으나
사람들 까맣게 잊고 산다
살기 위해 잊었는지
알아도 모르는 체하는 것이
달처럼 떠 있는데
발등만 바라보며 걷는
겨울나무들뿐이다
별빛으로 열 수 없고
그리움으로 열리지 않는 곳
새도 날지 않는 칼바람 끝,
얼어붙은 하늘 독방에
눈발 창살 부여잡고
내 누이 떨며 갇혀 있는데

자정에

선잠으로 뒤척이는 병실 밖 나무들
그 속까지 붉게 물들이며
가로등이 빗발에 부서지는
제 모습 내려다본다

목맨 전화기 버려두고
자정 넘기지 못한 말들
유리창에 글썽이는데

낙서뿐인 내 몸에서
찢겨나간 벽지가
단단하게 뭉쳐져 돌아오는 밤,

링거액 방울로 닿을 수 없는
상처 두고
심전도 굽이굽이 넘다가

그대 어느 고갯마루에서 굽어보는지
담 밑에 노란 애기똥풀 피었다

바깥

탈의실 입구에 남아 있는 눈
눅눅하고 어둡게 이쪽 바라본다

그 속에서 옷 벗고
가뭇없이 사라진 사람들
조금씩 멀어지던 그늘을
힘겹게 밟고 있는 나무들

여름 바다가 낳은 맨발들 모래밭에 남아
아직도 출구 찾고 있는데
목울대까지 차오르며 밀물지고
산역 마친 듯 바람이
탈의실에서 혼자 노래 부른다

그때 내가 모든 발자국의 바깥인 줄 몰랐다
볕에 그을린 흉터만 남은 침침한 바깥이
나를 향해 고개 돌리는데

익사한 사람이 찾아가지 못한
소금 덩이 같은 달이
물비늘 일으키며 눈뜬다

고향 집 일주문

문고리 빠져나간 문짝
마당에 누워 있다

주먹에 패인 자국
눈길 머물던 그 자리에
하얀 꽃잎들 내려앉았다

눈물 마른 지 오래인데
문살에 스밀 수 없는 꽃잎들
이제 와 글썽이면 어쩌나

여닫던 일마저
까맣게 잊었는데

점심

    고개 너머 보리밥집으로 가는데 높드리 옆 덤불에서 삭정이 부러지는 소리 나더니

    들괭이 한 마리 빗돌 잡아맨 밧줄 풀듯 뱀 모가지 물고 고개 뒤로 젖히다가 사라진다

    산벚꽃 하얗게 비탈 타는데 무덤이 움찔하며 정색한다 자드락밭 가에 비명도 없이 절정이 지나갔다

    어쩌다 부리 피한 나방인가, 바람 무동 타는 연등 향해 허겁지겁 다시 길 잡는데

    평지에서 쫓겨나 비탈에 사는 조팝나무 국수나무 찔레나무들 심정 엿보는,

    멀고 먼 점심 길

색계色界 1

　마주할 수 없는 거울, 눈 감고서야 볼 수 있는 거울 있다,
사라진 것이 사라지지 않을 때 우주는 생각보다 작은 거울,
그 속에서 떠돌며 숨어 사는 유족들, 살 떨리고 뼈아픈 세월
끊어내는 거울 앞에 선 피고인들, 기가 막힌 맹지에서 잃어
버린 어미의 앳된 얼굴, 알 수 없는 아비의 젊은 얼굴을, 눈
속에 숨긴 목소리와 귓속에 감춘 그림자 써도 볼 수 없는 거
울, 설명은 변명 되고 변명이 설명으로 전락하는, 깨져버린
색경의 나라, 땅속에 묻힌 거울에서 피가 솟아도 아랑곳하
지 않는 눈길의 무덤, 나이 먹지 않는 사진 걸린 골짜기와
물속의 운명은 시간 없이 사뭇 멀다

색계色界 2

  비가 오면 골짝은 울컥 핏물 뱉어내곤 했다

  스미지 않은 혼백이 벗어놓은 자리라지만, 색이 난무하는 세계에서 검은 꽃은 배신인가

  손가락질로 색 가리키고 본색 바꾸려고 했던 시절, 흙은 게걸스럽게 빛깔 삼킨 후 트림조차 없었고

  몸뚱이에 숫자 쓰면 소도 들이받던데, 사람 몸 붉게 칠해 살아남은 빛깔마저 다시 묻다니,

  땅속엔 얼마나 많이 묻혀 있을까, 개 짖는 소리, 통성 기도 소리, 염천에 폐타이어 타는 소리, 제 옷 죄다 찢어발기며 달아나다 쓰러진 쑥대강이

3부

시간의 그림자집

달, 너는 날 오래 바라본다 네 눈길에서 내 시간이 발효되고 있다 온갖 잡념 다녀간 뒤 수수꽃다리 향기로 어두워진 창틀 너머 보이지 않는 손이 호렴 뿌린다 끓고 있는 내 체온에서 너는 무엇을 뒤지려는 것일까 네가 내 몸에 지운 그림은 물속에서만 제 빛깔 살아내는 돌처럼 목이 잠겨 있는데, 새된 소리와 풀 비린내와 핏빛을 슬하에 거느린 채 정작 자신을 잊은 사람의 입에서 흘러나온 슬픔의 뿌리, 입술이라는 것은 그렇게 부표처럼 망각의 물살 거슬러 용케도 곧추서 있다 끓고 있는 피가 네 눈길 한 입 베어 물어도 너는 그저 오래 환하기만 하다

불, 너를 피운다 밑불 빌려와 아홉 구멍 얼추 다 맞췄다 구멍끼리 통하자 바람이 밧줄보다 질긴 불 끌어당겨 두 몸을 묶었다 불꽃들은 세차게 피어올라 구들을 달구고 산복도로 전선 울리는 소리에 두 귀 먼저 하얗게 늙더니 하룻밤새 검은 머리 파뿌리 되었다 서리꽃 입짓하며 밤 지새운 쪽창 너머 골목길 얼어 성당 가는데 까마귀 사제들 길 잡아 너를 피워 얻은 하룻길 참 오래다

물, 강에서 흘러나온 너의 꿈은 뜨거워 구름 심장만이 말 걸 수 있었다 물에 비친 모습에 뛰어든 네게 시간은 유품이므로 물 흐르는 대로 기억나고 그림은 시간의 등에서 흔들렸다 벽이 붉게 달아올랐다가 식은 다음 그림자놀이 했다 혼자였던 성욕이 울음 타고 치밀어 올랐다 몸 뚫고 나오려는 위패 억누르며 침 삼켰다 숫돌에 갈아세운 면도날 닿은 시간의 살갗이 오로라 같다 눈감으면 기억은 무지개 눈썹에 걸린 폭포다 어둠이 낳은 열매들 튀어 오르는 물보라에 흠뻑 젖어 소름 돋고 부적을 어지럽혔다 오른손이 과거이고 왼손이 미래인 네 심사가 소리죽여 오래 울고 있던 기억들이 모두 한 방향으로 흐르다 진눈깨비 속으로 사라지고 식지 않은 꿈들이 우물에 동전 던지고 잇달아 이야기꽃 피워 어둠 밝혔다

나무, 너의 몸은 모다깃매 받아들이고 있다 시간이 손 놓고 있는 아랑곳, 오래 아팠던 자리에서 불쑥 떠오른 말이 입 벌리고 기어 나왔다 기다리던 마디는 늘 늦고 말길이 되기까지 네 몸에서 대체 무얼 찾았던 것일까 깊이를 잃어버린 곳에서 몸부림치며 흙질해 불러낸 기억이 지독해 너의 곁에 신음마저 머물지 않았다 말로 말 배우듯 매질에 익숙해져 사는 게 매를 벌고 있는지 모른다 넋이 의탁한 몸, 무통이 두려운 너는 언제나 무죄라고 넋두리한다

쇠, 시멘트 계단 금 간 곳에 터 잡은 씀바귀 일가 계단 올
라가는데 그 걷는 것이 영 눈에 띄지 않는 일이라서 해는 중
천인데 제자리다 에이 먼저 간다고 하고 볼일 다 보고 다시
계단 올라가는데 걷지 않고 가던 길 가는 경지에 꽃까지 샛
노랗게 폈다 계단이 비죽 웃고 철근도 겸연쩍게 몸 구부려
살아갈 준비만 하는 일로 세월 보내며 지금까지 한 번도 찾
아오지 않은 미래가 교태 부려도 꽃 한 번 제대로 피운 적
없이 동분서주 오르락내리락 뼈 빠지게 허무만 살리다 곧
장 질러간다 비웃음만 사는 계단 위가 비계이고 외박 위가
비박이다 바람꽃 이는 허공에 집 지어 분양하는 위계질서
향해 거수하는 사마귀 시간 보낸다 지금 너는 계단 오르는
씀바귀 무공 알아보고 있느냐

흙, 거푸집만 되쓴다고 집구석이 살아나겠냐마는 밥때는 왜 이리 빨리 오는지 먹어야 가는 하루도 덕장에서 말라가지 않는 것이 없어야 바람에 널어두었던 시시한 기델랑 거두고 머리 흔들다 눈감았다 떴다 해가며 갈수록 흙집으로 가는 길목에 비꽃 피다 마는데, 그림자가 몸 끌고 가는 가풀막에 맞바람은 가슴 열치나니 네 심장이 여적 젖느냐 남아도는 힘이 빈 운동장 터주 둥치 휘감을 때도 사랑은 벼랑 끝이라 두려웠던 것인데 잊어야 돌이킬 수 있다 잃어야 대신할 수 있다고 집으로 간다 흙 속에 내장 맡기고 제자리에서 오래오래 살아가는 저 수목의 깊은 신앙을 뼈저리게 알기에

해, 처음 떠오르는 날 본다고 물 건너온 꿈속에서 뭘 찾겠다고 영화필름은 구두약 만든다고 다 가져갔어 맨발의 청춘도 마부도 구두코에서 반짝거리다 말았던 거여 기억도 없는 디서 숨만 쉬어도 먹는 게 나인데 한 방에 머물며 다른 방 그리는 일로 뭘 오래 살겠다구 나로 봉인한 나들이 모처럼 눈짓하는 날, 나들이 무병장수를 비나니 흥은 흥대로 정은 정대로 몸 따로 마음 따로 먹는 살이 보는 너는 나이고 나이는 나여 너는 익숙한 자기 최면이고 거울 속 알리바이여 머릿속에 늘 늦게 올라오는 현실이고 풍선을 질투하는 파도의 건망증이고 활 당겨 콧물 닦고 싶은 불문율이고 눈길로 쓰다듬어보는 등고선이고 노을 진 서편에 환한 미간이다 늘 차고 넘치는 햇살로 바람의 오른손이 한 일 왼손이 모르고 거듭하는 날이여

74

정처

검은 아궁이에 타다 남은
농협 달력 한 장
거기 색연필로 동그라미 친 날짜
옥은 철사에 감겨
빠지지 않은 사랑니로 남아 있다

꿈에 복자기나무 불타서
지고 온 등짐 다 부리고 살다가
가슴 내어준 곳인데
내 살갗 실금 같은 거미집 찾아들고
바람은 산꽃만 다독여 재울 건가

노을에 실려 온 마당귀에서
쓰러진 수숫대들이
마디에서 벋은 발로 땅 딛고
쓰러진 제 몸 일으키는데
다시 산울타리 되자고 저러는데

천개동 물소리

꿈에 낯익고
생시에 낯선 곳
치렁치렁한 덩굴 내려와
아직도 컴컴한 난리길 끌고

어디론지 동리 떠메고 갈 줄 알던 사람들
참죽나무로 숨어 살던 곳,

억수 그쳤을 때 거기 가서
돌 위 흐르는 물소리로 취해

한 사람은 댓잎에 부서지는 햇살만 보고
다른 이는 바위에 간 실금만 봐도 좋아
다시 와 밤새우자 약속했는데

천개동 뒷물 소리에 슬그머니
하늘 열리는 소리 들어보자고

종鍾

나무 둥치 패인 곳에
종을 걸었다

줄을 잡아당기면
나무도 따라 울었다

세월 흘러 나무가
제 몸에 종을 묻고

무성한 열매들만
바람결에 파도소리 낸다

이제, 속으로 자주
목메는 것은

멀고 먼
한 그루의 그리움

통점

우리 동네는 화분마다
고추만 기르는데

이웃 새댁이 아랫순 따며
실한 것 가리다가
대놓고 자꾸 꼬추라 불러
귓불까지 붉어지기도 하는 골목

모처럼 쉬는 날,
아침부터 슬슬 시작하면 저녁까지
비바람도 못 말리는 싸움질하다
찬물에 밥 말아 한술 뜨고
덥석 깨물어 씹어 먹는 아픈 맛

매운 것에 맛들어야
잊는 일도 정든다지

담 없이 방들 잇대고 살아

귀 기울어진 쪽창 아래
오늘도 눈결에 스치듯
고추 꽃 새로 피었다

가을날

버스에 빈자리 많은 날
가는 길 내내
기별 없는 사람 대신
햇살이 편히 앉아 갈 때가 있다

몇 정류장 미리 내려 걷다
영근 바람에 떨고 있는 풀잎 보고
버스 갈아타고서
산내라도 다녀와야 하는 오후

어쩌다 홀로 남은 승객이
낭월동 종점 차고지에
아무렇지 않게
제 그림자 내려놓아도 좋은,

자리도 내내 환한 얼굴로
가로수 그늘 스치며
깊은 하늘 올려다보다
쉬엄쉬엄 저물어 가는 날 있다

생업 2

신장개업한 가게 앞 외등 깜박여
사람이 다가가면 켜지고
멀어지면 꺼지는 것이라 했는데

내 말 반만 믿는지 아내는
오래 지켜보고 있다

제 이름 들어간 간판 처음 달고
환히 비춰주기 기다리는
자정 가까운 시간
다시 눈발 날리는데

사람 알아보고 나서
더 외로워진 등 하나
가게 앞에 새로 생겼다

미신

하늘 운동장이 달을 좋아하듯
교실도 축구공 좋아하나 봐
담장은 배드민턴 공 좋아하나 봐
저 늙은 향나무 내 신발
돌려주지 않네

달을 좋아했더니
와락 끌어당겨
난 자주 비틀거렸지

오늘은 풀밭이 날 좋아하나 봐
넘어진 김에
한참 누워
하늘을 보네

별빛만 무성히 내리던 날도
그랬지, 한참 그랬지

연가

미나리꽝에서
미나리 베어 쓰러트리듯

사랑이 거칠다
한 아름이다,
해도

떠나면 먼
낮달

아득한 하늘로도
잴 수 없는 것

건달을 위하여

보란 듯 놀고먹어도
생으로 생을 비교할 수 없다
오늘도 틈틈이 자기계발서나 곁눈질하고
달빛 기울이며 귀가하는 발걸음은
남이 밑줄 친 구절에 방점 찍는데

쑥쑥 자라 심장 모양으로 잎이 넓어지는 사랑초가
바깥에 걸어 나가 봄비 맞고 있는 것
부럽기도 해서 혼잣말 나온다
이거, 생으로 일하고 있는 거 아니지

황사 이는 날이면 출입하지 않고
생의 증인 애타게 찾던 얼굴
한쪽 손 놓치고 펄럭이는 것
눈길조차 주지 않고 살다가
불쑥 나타나 손 내미는 사람,

나는 단검 같은 그의 손을 두 손으로 잡고

놓치지 않는다 내 앞에 있는 동안 그는
실종된 내 얼굴하고 손 빼려다가
아예 발 빼기로 결심한 듯 딴청 부리는데

저 다문 입매 보라 결코
자신 탓한 적 없는
팔자걸음으로 느릿느릿 걸어와
내 심장 향해 손 내미는 동냥이
의연하고 구김살 없어라

제가 쌓은 강둑에 갇혀 흐르는 강물처럼
나를 깔고 앉아 견딘 지 서른 해 다 돼 가는데
뒤늦게 불현듯이 넘칠 기미 보는지
후회의 물살에 파묻히고 말 거라고
곁에서 혀 차며 내 일기日氣나 예보하는
그는 한결같이
부려먹을 수 없는 사람,

숲정이 쪽창으로 날아들어 온 민들레처럼
흐뭇한 명지바람결을 말 한 필이라 이르며
센머리에 술잔 없고 찾아와
내 가슴에 잔득이 눈독 들이고 있으니
바야흐로 또 초여름인 것이라

백중사리

비 온 뒤 불어난 물께 다가가 말 거니 이목구비 오롯이 생겨

기다렸다는 듯 고래 바윗등 타고 어루만지는 물살에 뿔 돋아 손바닥 치받더니 팔뚝 장딴지 꿈틀거리며 일어서는 저력,

배불리 먹은 듯 지긋이 내 옆구릴 딛는 물살 발꿈치, 어딜 건너왔나 섭생 밝은 놀에 물들어 어지러이 맴도는 배꼽 사 위, 알섬 한 척 날개 편다

사철나무 잎사귀들 푸들거리도록 목청 질긴 징소리 새떼 로 차오르는 당산 숲우듬지 너머 파문에 고개 쳐든,

오사리 잡것들 불붙인 도깨비 세상 화엄 이루어 은결 비 늘 밭 무지 눈부시다 밀물이 날 저물리는 곳, 일몰은 죽도록 기가 차 늘 과잉이다

속수무책으로 물에 잠기는 생각 바깥, 한껏 찬란하다

병원 옥상정원

아이가 두들겨 맞았다고 전화기 들고 울부짖던 여자 다
녀간 뒤

여기서 누우면 안 돼, 등나무 밑 긴 의자에서 토닥토닥 등
두드려주는 말 잘 듣는 환자 볕에 나와 있다

이번엔 여자가 환자에게 등 내밀고 두드려보란다, 그 작
고 굽은 등을 볏가마니 쓰다듬듯 하는 손, 서툴다

건성이다, 더 힘껏 두드리라고, 션하게 한번 쳐 봐, 자꾸
누우려 말고 가물은 가슴 좀, 뻥 뚫리게, 쌓인 체증 쑥 내려
가게,

그러다 바람결에 서로 몸 부비고 있는 능소화들 보고, 근
디 저것들은 대이구 왜 저런댜 다들 보는 디서 그러질 말구
지발 비구름이나 좀 꼬셔 데꾸 와 바라

혼잣말하다 흥얼대는 사람 향해 귀 어둔 척 말 없어도 아직
은 살 만하다 바람결에 다시 목메는 말, 여기서 누우면 안 돼

실향

바닷가 그 나무가 나를 알아본 것일까

그리 오래 만나지 않았는데 성긴 그늘 받고 한참 서 있던 것이 겨울엔 드문 일이었다는 생각 든다

이제 우듬지 끌며 물새들의 꿈자리 떠나고 있으니 다시 돌아와 같이 바다 바라볼 일이 없어진 게 나와 같다

금세 긁히고 패인 곳 많아진 몸, 가리지 못한 설움에 물든 잎사귀 길어졌다 사람만 정처가 있는 것 아니다 부르르 뿌리 떠는 것이 가기 싫은 거다

난생처음 트럭 타고 잎사귀 흔든다 난민의 손짓 따로 없다 나도 한번 나무가 서 있던 자리에서 갯바람 맞으며 손 흔들어보는데

남은 햇살 상처로 들어 뿌리 여읜 구덩이, 다 두고 간 자리

뿔

　점심 회식 끝나고 저마다 무소의 뿔이라도 있는 것처럼 뿔뿔이 흩어져 갔다

　마지막까지 자리에 남아서 부러진 뿔로 술 따르던 몇몇도 뿔나려는 종업원 눈치 보다 식당 나왔다

　장마 끝 물살에 밀려온 헝겊이나 개뿔같이, 술기운 도는 얼굴에 바람이 스치자 아랫도리 허방 놓는다

　밤까지 이어지던 낮술에 웃통 벗어 던지고 눈밭에 뒹굴며 뿔 자랑하던 일도 옛일, 햇살은 곰삭고 빛바랜 흑백사진 잔금만 더듬는데

　식당 앞 아득하고 바람 찬 세월, 회화나무 긴 팔 휘저으며 불러도 대답 없는 건, 닳아 뭉개진 뿔난 자국뿐

　늦게 나온 총무 같은 산양山羊이 택시 부르더니 다짜고짜 쥐뿔도 없는 사람들 태우고

낮에도 문 여는 주점 찾아, 일각수一角獸 찾아 정오의 희망가 들으며 달려가 보지만

연못

청둥오리 연잎 위에 앉아 있다
성근 빗방울 듣는 곳에
눈길 풀어놓고
면벽 중이다
애기부들 사이로 눈썹 떨어져
어둑한 자리,
흐린 물속 누군가
연 줄기 툭 건드리고 가는데
배수구 쇠창살에 걸린
잉어 한 마리
하얗게 말라 간다
낙수의 질긴 끈에 묶여
전신으로 운판 쳐 보다
목어가 되어 간다
그 위에서 어쩌지 못하고
자귀 꽃 사위고 있다

소원

마당이 있으면
참죽나무 한 그루 심고 싶다

비 그쳤다고
눈이 왔다고
참죽나무 가지에 날아든 새들
하늘 구석 번하도록 떠들어
내 어둔 잠 깨우도록

가난한 내게 마당을 허락한다면
울 밖으로 뿌리 벋지 않아
참중나무라고도 부르는
임을 모시고 싶다

지붕에 널어 말릴 만큼 잎들 자라
너울너울 그 손짓 따라
새들 둥지 틀고 깃들면
우리 집도
신께 더욱 가까워지리

다석 多夕

모두 저녁 들고 있구나

비탈 타던 나무들
우렁이 속을 날던 새도

길에서 내려와
저녁 드는 세상

고개 숙이고
쇠심처럼 질긴 하루
묵념하듯 되새길 때

빈 밥그릇에서
홀연히 환해지는
별뉘 한 술,

몸 아픈 서녘에 오늘도
개밥바라기 떴다

하룻길

그곳까지 가려면 어떻게 가야 하냐고
차 갈아타는 날 보고 묻더군요
나는 겨우 떠나려 하는데
이제야 그곳 찾는 사람이 있으니
어떻게 가야 하나 다시금 망설여지는데

길에서 보면 아무것도 보이지 않아
바닥은 해거름만 찾고 있고
이정표 없는 곳 손으로 가리켜도
돌아 나오려면 날 저물 터인데
당일치기는 곤란하다고

산그늘 이우는 풀숲에서
으아리 꽃 피어 있다 대답할 때
마음보다 앞서 저무는 것은
남의 손에 들려줄 수 없는 지팡이와
내 발바닥 넉살도 부르튼 하루

존재의 원형을 찾아가는 선연한 기억들

—권덕하의 시세계

유성호(문학평론가, 한양대학교 국문과 교수)

1.

권덕하 시인의 신작 시집 『오래』는, 연면한 시간의 흐름 속에서 흐려지거나 사라져간 것들에 대한 애잔한 연민과 그리움의 상상적 도록圖錄이다. 오래고 선연한 기억 안에 웅크리고 있는 실감의 재현을 통해 시인은 우리가 잊고 살거나 모르고 지나쳐가는 순간과 장면을 선명하게 붙잡아준다. 특별히 시인이 화두로 삼은 '오래'는, '시간적으로 길게'라는 뜻 외에도, 거리에서 대문으로 통하는 좁은 길 혹은 '마을'의 뜻으로 쓰인 공간적 개념을 가지고 있었다. 시인은 "둥구나무 그늘에 들마루 있고 이웃끼리 너울가지 좋게 웃음꽃 이야기꽃 피우던 오래, 바람과 햇살 어울려 흥얼거리던 곳"('시인의 말')으로서의 '문門'의 함의를 새삼 떠올리면서, 그것이 시간 범주에만 쓰이고 있다는 진단을 통해 우리가 서성였던 '오래'와 그 주변에 대해 노래해간다. 살갑고 다감한 시인의 성정과 언어가 결속하면서 빚어지는 우리 시대의 고고학적 지도_{地圖}가 아닐 수 없다.

우리가 잘 알거니와, 서정시의 중요한 역할 가운데 하나는, 현실에서는 거의 이루기 어려운 근원적 존재 전환을 상상해보는 데 있지 않을까 한다. 그때 우리는 일상의 건조한 현실을 벗어나서 전혀 다른 상상적 거소_{居所}를 만들면서도, 필경에는 지상에서의 가파른 존재방식을 추인하고 긍정하는 방향으로 귀환하곤 한다. 권덕하의 시가 근대적 기율로서의 합리적 인과론을 순간순간 벗어나면서도, 환상과 탈주를 근간으로 하는 시편들과 스스로를 구별하는 까닭도 여기에 있을 것이다. 다시 말하면 권덕하의 시는, 존재 전환의 상상 범위를 한껏 넓혔다가도, 다시 자기 탐색의 시간으로 회귀하는 과정을 어김없이 밟아간다. 이때 시인이 노래하는 존재의 원형에 대한 실감 어린 기억들은, 우리의 오랜 존재방식을 순간적으로 되살리면서도, 지상의 존재자들을 따뜻하게 감싸안는 감정 형식이 되어준다. 그렇게 권덕하의 시는 존재의 원형을 찾아가는 선연한 기억으로 구성되어 있으며, 거기서 파생하는 그리움에는 가장 심미적인 근원적 문양이 출렁거리고 있는 것이다.

2.

권덕하 시인이 세상을 읽어내고 거기에 자신을 기투企投하는 방식은, 현실의 팍팍한 물질성을 재현하거나 강렬한 지사적 품격으로 그것을 뛰어넘으려는 데 있지 않다. 오히려 그는 지상에서의 불완전성을 긍정하는 자유로움과 삶의 불구성을 견디면서 밝은 귀를 통해 생의 비의秘義를 엿듣는 시인으로서의 직능을 다할 뿐이다. 삶을 획일적으로 규율해가는 의미론의 억압으로부터 자유로워지는 것과 자신을 둘러싼 삶의 조건을 온몸으로 승인하는 것 사이에서, 그는 힘겹고 너그럽고 속 깊은 표정과 어법을 한결같이 보여준다. 그래서 그의 시쓰기는, 오랜 시간 동안 그리움으로 삭여온 심층에서 발원하는 낭만적 문자 행위이자, 이 땅에서 또 외로된 삶을 살아가야 할 존재자로서의 인생론적 고백 행위이기도 하다.

또한 권덕하의 시는 어떤 명료한 전언을 성취하는 데 목표를 두지 않고, 시쓰기를 통해 자신과 주변을 탐사해가는 과정적 순간에 큰 의미를 둔다. 이 말은 제법 중요한데, 왜냐하면 이 간단없는 과정으로서의 시쓰기야말로 권덕하 시의 근원과 궁극을 알려주는 매우 유력한 지표이기 때문이다. 아닌 게 아니라 권덕하의 시는 주체의 확실성에 대해 엄정한 판단을 유보한 채, 그 유보감을 가져다준 시간의 흐름을 아득하게 받아들여가는 순간에 비로소 쓰여진다. 그래서 우리는 그가 택하는 제재나 어법이 비록 자연과 연관된 것이 많더라도, 그것이 한편으로는 풍경 속으로 번져가지만 다른 한편으로는 시인 자신으로 회귀해오는 이중 속성을 가지고 있다는 점을 발견하게 될 것이다. 먼저 다음 시편은 자연 사물 속에 흩뿌려진 시간 속에서 시인으로서의 의지를 발견하고 충족해가는 시인의 미학적 자의식을 잘 보여주는 사례일 것이다.

볕에 나와 있다 여우비에 젖는 말

울 밑에 자란 한련 잎이 듣는 말

손차양하고 갠 하늘 보는 말

흰 여울에 산그늘 실눈 뜨는 말

새끼 놓치고 허둥대는 갯강구에 내리는 말

노을 바다 아득히 건너가는 말

어긋난 사람에게 두고 온 별처럼

울먹이다 가뭇없이 지는 말

—「혼잣말」 전문

　　시인 자신이 스스로 화자와 청자를 겸하는 '혼잣말'은 그
자체로 시쓰기의 적실한 은유일 것이다. 시인이 발화하는
'혼잣말'은 반복되는 병치 형식을 통해 다양한 속성으로 변
주되어간다. 가령 그것은 볕과 공존하는 여우비에 젖기도
하고, 울 밑 한련 잎도 들을 수도 있고, 갠 하늘을 바라보기
도 한다. 촉각, 청각, 시각을 결속하면서 그리움의 심층에서
발원하는 소리들을 시인은 이렇게 배열해간다. 그리고 이
어지는 "흰 여울에 산그늘"이나 "갯강구"나 "노을 바다"는
모두 자연 사물에 편재해 있는 아름답고 근원적인 소리들
이 아닐 수 없다. 이 '혼잣말'들이 모여 "어긋난 사람에게 두
고 온 별처럼//울먹이다 가뭇없이 지는 말"이 되어 웅성거
리는 것이 바로 '시詩'일 것이다. 이때 우리는 시인이 발화
하는 '혼잣말'이 아득하고 아늑하게 다가오는 느낌을 받게
되고, 그 순간 '혼잣말'은 "말이 되지 못한"(「무성영화」) 채
흘러다니는 존재자들을 힘껏 보듬게 된다.

　　참매미인가, 잠결에
　　머리맡에 날아와 운다
　　꺼억 꺽 넘어가는 목청이 수리성이다

땅속 세월 다 쓸어간다

허물조차 없는 자리에 외떨어져
북채처럼 앉아 울다,
물때 서둘듯
비 냄새에 계면조 그늘만 짙더니

나뭇둥걸 파고들다
끌자국처럼 멎은 소리
어디 있나 찾다가

가만,
땀 들이는 선풍기 속 들여다보니
평조로 바람 감던 벙어리 물레
부러진 날개 하나 감추고 있고나

—「가객」 전문

이번에는 '말'을 지나 '노래'다. 잠결에 잠시 들은 '참매
미'의 울음소리에서 시인은 땅속 세월 다 쓸어가는 '수리
성'을 떠올린다. '수리성'은 약간 쉰 듯 발성되는 성음을 말
하는데, 시인은 그렇게 "허물조차 없는 자리에 외떨어져／
북채처럼 앉아" 우는 청매미의 '수리성'이 바로 '가객'의 솜

씨가 아닐 수 없다고 노래한다. 짙은 "계면조 그늘"과 "끝 자국처럼 멋은 소리"를 통해 '가객'으로서의 예술적 기율이 '그늘'과 '소리'가 결속한 '수리성'에 있음을 알았기 때문이다. 하지만 시인은 선풍기의 "평조로 바람 감던 벙어리 물레/부러진 날개 하나"를 바라보면서, 시인으로서의 존재론이 어쩌면 '수리성'과 '계면조'와 '평조'를 모두 가진 채 "서럽게 내리는 빛을 만나지 못하는"(「대추」) 차원에 있을지도 모른다는 것을 은은하게 고백한다. 그럼에도 불구하고 시인은 '울음'과 '그늘'을 다해 '노래'에 가 닿는, "아득한 하늘로도/잴 수 없는"(「연가」) 시인으로서의 실존적 자의식을 '가객'의 은유를 빌려 노래해간 것이다.

이처럼 권덕하 시인은 풍경과 내면의 등가적 유추를 통해 사물들을 발견하고 배치하고 변형하는 역동적 상상력과, 자기 자신으로의 궁극적 회귀를 꾀하는 시인으로서의 실존적이고 형이상학적인 열망을 동시에 구현해간다. 그 과정에서 들려오는 '혼잣말'과 '노래'가 곧 '시쓰기'의 탄탄한 은유가 되고 있는 것이다. 이러한 그의 시적 장인匠人의 식에서 우리는 세계 내적 존재로서 치러가는 시쓰기의 치열한 자의식을 목도하게 된다. 이는 그저 시인됨을 꿈꾸는 마음이 아니라, 선연한 기억을 통해 존재의 원형을 회복하려는 열망에 의해 육체를 얻어가는 마음일 것이다. 그래서 그는 어떤 원형에 대한 표박과 회귀의 끝없는 반복 과정을

시로 써가는 것이고, 이번 시집은 그러한 시인의 의지와 태도와 작법이 일관성으로 나타난 성과인 셈이다.

3.

언젠가 자크 데리다Jacques Derrida는 절대적이고 보편적인 의미를 우리는 알 수 없고 그것을 찾으려고 끊임없이 반복되어 온 욕망의 흔적만 남을 뿐이라는 뜻의 말을 한 적이 있다. 이러한 견지는 우리가 아무리 혼신의 힘을 다한다 하더라도, 시공을 초월하여 모든 인간에게 근원적 만족감을 주는 진리를 찾아낼 수 없다는 것을 알려주는 동시에, 그럼에도 불구하고 끊임없이 그것을 찾지 않고는 견딜 수 없는 인간의 실존적 고통을 느끼게 해준다. 그래서 그 진리를 찾아가는 시인의 몫은 철저하게 과정적인 것이 될 수밖에 없다. 권덕하의 시가 한없는 자유로움의 표정과 어떤 불가능성의 표정을 다같이 짓고 있다는 것은 그 점에서 그가 과정적 충만함으로서의 시쓰기를 지속해간다는 점을 웅변해준다.

따라서 우리는 권덕하 시인이 공을 들이는 주제 가운데 하나가, 인간 존재의 근원에 대한 탐색에 있음을 발견하게 된다. 그의 시에 나타나는 목소리는 개체적 경험에 긴박되지 않고 존재 일반의 탐색이라는 성격을 띠는 것이다. 사회적 상상력의 소산이라고 할 수 있는 일군의 타자 지향 시편

들도 결국은 이러한 근원에 대한 믿음과 의지가 현실 속으로 침투한 결과로 나타날 뿐이다. 다음 작품은 그의 이러한 균형 감각이 뜻깊게 실현된 것인데, 시인이 탐색해가는 존재의 근원과 시인 자신이 꿈꾸는 자기 완성의 모습이 어떠한지를 물어간 미학적 결실인 셈이다.

그는 손바닥으로 처맛물 받으며 놀기 즐겼고, 책을 멀리하였다

고향이 물에 잠기기 전, 마을 고샅길로 첫물 들어올 때 가장 신났다

탁 트인 강물 위 달리는 바람 맨발 부러워하고

새 옷 입기 쑥스러워 헌 옷 나기만 기다렸다 대문이 두려워 개구멍으로 출입하고

오리나무 가까이하고 늘 새총 지니고 다녔으며

어떤 말 듣고 귀 씻었으나, 그 바람에 평생지기 잃었다

술 취하면 가끔 어딜 다녀오는지 새벽에 온몸 젖고 흙

투성이로 쓰러진 채였는데

　옷과 신발 머리에 이고 강 건너가 빈집 마당에 가득한

개망초 뽑았다

—「낙법」 전문

　이 시편은 지나온 한 생애를 은유하는 과정적 상상력의
연쇄로 짜여 있다. '그'로 호칭된 인물은 아마도 시인의 분
신일 것이고, '그'가 찬찬히 그러나 어김없는 고단함으로
치러낸 시간들이 시편 안에 애잔하게 펼쳐지고 있다. '그'
에게 남아 있는 것은 '책'이나 '새 옷'보다는 '물'과 '바람'과
'헌 옷'과 '개구멍'과 '오리나무'와 '새총'에 대한 어린 시절
의 기억들이다. 그 행간에 평생지기를 잃는 아픔도 있었을
것이다. 몸이 자라고 기억이 자라고 '그'는 '술'과 '흙투성
이'의 기억을 안은 채 강을 건너 이제는 "빈집 마당에 가득
한 개망초"를 뽑는다. 그 '빈집'이란, "기억의 파랑 대문 열
어 놓은 채"(「빈집 2」) 모두 사라져가고 비어 있는 '기억의
집'일 것이다. 그러니 그 모든 기억들은 시인의 삶을 견고하
게 지탱해준 낙법落法이자 이제는 시인으로 하여금 삶을 스
스럼없이 받아들이게 하는 낙법諾法이 되지 않겠는가. 그 안
에는 지금도 "그늘 한 점 없는 거기 뿌리내린 기억"(「석교에
서」)이 깊이 농울치고 있을 것이다.

우리 사이에

글자가 생기기 전

글자 쓸 일도 없고

그러니까 글씨가 없을 때

엄지머리거나 꼭지거나 해서

때로는 듣는 사람도 없고

기척으로 다 통하고

인사가 따로 없을 적에

터 물고 오래 있다가

느려터진 뿌리로

그늘이나 권하는 느티나무처럼

죄다 터주고 터무니여서

제자리서 볼 일 다 보고

해 있을 때 할 일 다 해

저녁이면 모감주나무 꽃이나 주울 때

나누는 이야기 넋두리라

염두에 둘 일 없고

곡주가 쉬고 사연이 없을 때

스무 해 넘게 산 늙은 산닭 눈곱이나 떼 주고

밤에는 하늘에 별자리나 잡아주는,

글자가 생기기 전

기억할 일도 없고

그러니까 말하자면 유문도 없는

—「우리 사이」 전문

앞에서도 말했듯이 '오래'는 시공간의 함의를 모두 띤 말이다. 시인은 "우리 사이에/글자가 생기기 전"을 떠올린다. 글자만이 아니라 듣는 사람조차 없어서 그저 기척으로 다 통하고 인사人事가 따로 없었던 시절 말이다. 그때 "터 물고 오래 있다가/느려터진 뿌리로/그늘이나 권하는 느티나무처럼" 존재했던 '오래'는 그렇게 밤에 하늘에 별자리 잡아주고 유문도 없었던 시간을 환기해준다. 결국 이 작품은 '오래'라는 말의 공간적 뜻이 사라지고 근대적인 시간적 함의만 담은 채 쓰이는 현실에 대해 '오래'가 지닌 시공간적 뜻과 근원적 가치를 되살려주고 있다. 인사에 관한 한 "염두에 둘 일 없고/곡주가 쉬고 사연이 없을 때"를 가득 채우던 '오래'의 기억이 권덕하 시의 바탕이 되어주고 있는 것이다. 그 주위에서는 결국 "맨발로 돌아갈 길"(「금강 그늘 문」)이나 "별빛으로 열 수 없고/그리움으로 열리지 않는 곳"(「단정꽃차례」)이 한없이 서성거리고 있을 것이다.

두루 알다시피 서정시는 언어 예술이자 시간 예술이다. 우리의 구체적 감각과 객관 세계를 접속해주는 것이 언어이고, 시간의 흐름에 놓인 사물의 속성을 함축적으로 표현하는 것이 서정시이니만큼, 우리가 '언어'와 '시간'으로 서정시의 핵심을 말하는 것은 자연스러운 일이다. 그래서 서정시는 그 어떤 예술보다도 시간과 친연성을 가지며 언어를 통한 경험을 수용자들에게 선사한다. 이는 시간이라는 물질에 대해 서정시가 깊은 관심을 가진다는 뜻이기도 하지만, 시간의 흐름에 놓인 사물과 그에 대한 시인 자신의 반응을 서정시가 집중 표상한다는 것을 함의하기도 하는 것이다. 권덕하 시인이 노래하는 '낙법'과 '오래' 사이에, 오랜 시간 속의 사물과 그것을 바라보는 시인의 반응으로서의 언어가 선명한 자국처럼 남아 있지 않은가.

4.

지금 우리는 권덕하 시인이 가지는 지나온 시간에 대한 깊은 기억과, 그 시간에 대해 치유와 회복의 방식으로 맞서고 있는 이채로운 풍경을 담은 성찰과 각성의 기록을 읽어가고 있다. 시인이 지닌 기억의 풍경은 비록 상실의 흔적으로 충일하지만, 그것은 온몸으로 견뎌야만 했던 시간이 그에게 녹록치 않은 크기와 깊이로 존재했었음을 선명하게 알려주기도 한다. 물론 세계의 원리를 이처럼 상실감으로 인지하는 방식이 권덕하에게만 고유한 것이라고 할 수는 없다. 시인들은 대체로 세상이 주는 기쁨과 평화보다는 그 사이에 개재하는 불화와 결핍을 노래해왔다고 해도 과언이

아니니까 말이다. 어쩌면 우리 시대의 시인 대부분이, 삶의
생기나 활력보다는 그것의 상실과 부재를 증언하고 거기서
덧나는 상처를 실존의 불가피한 영역으로 받아들이고 있다
고 해도 좋을 것이다. 하지만 우리는 권덕하 시인이 담아내
는 세계의 상실감이 매우 구체적이고 선명한 기억에 토대
를 두고 있다는 점과, 시인이 그것에 대해 회복의 감각으로
맞서고 있다는 점을 주목해야 한다. 그만큼 시인은 지나온
시간을 반추하는 동시에 새로운 삶의 원리에 대한 깨달음으
로 나아가는 도정을 역동적으로 보여준다. 대상에 대한 강
렬한 연민과 그리움을 통해 시인은 그 역할을 수행해간다.

비 오면,
풀잎 아래 깃든 벌레 생각
나뭇잎 아래 나비 생각
둥지 위에서 비 다 맞고 있을
어미 새 생각
잠들지 못하는 사람들 생각

왜 한 번 다녀가지 않니
허공에 새기려고
오래오래 자식 바라보던
눈길에 내리던 비

가늘고 가는 숨결에
하얗게 듣던 비

—「실비」 전문

나무 둥치 패인 곳에
종을 걸었다

줄을 잡아당기면
나무도 따라 울었다

세월 흘러 나무가
제 몸에 종을 묻고

무성한 열매들만
바람결에 파도소리 낸다

이제, 속으로 자주
목메는 것은

멀고 먼
한 그루의 그리움

—「종鍾」 전문

실비 가늘게 내리는 풍경 속에서 시인은 "풀잎 아래 깃든 벌레 생각"을 한다. 이어지는 "나뭇잎 아래 나비 생각/둥지 위에서 비 다 맞고 있을/어미 새 생각/잠들지 못하는 사람들 생각"은, 마치 저 백석白石의 시「수라修羅」처럼, 미소한 생명들에 대한 가없는 연민을 보여준다. 한편으로 '실비'는 오래도록 자식 바라보던 눈길을 적시기도 하고, "가늘고 가는 숨결에/하얗게 듣던" 시간을 환기하고 있다. 그렇게 권덕하 시편의 서정성은 대상을 향한 한없는 연민과 그리움을 담아낸다. 마찬가지로 뒤의 시편에서도 시인은 "나무 등치 패인 곳" 걸어놓은 '종鐘'을 통해 세월이 흘러서 나무가 제 몸에 종을 묻고는 파도 소리 울리는 순간을 상상해본다. 그렇게 "멀고 먼/한 그루의 그리움"으로 살아가는, 이제 한 몸이 되어버린, '나무'와 '종'의 생애를 생각하는 것이다. 이처럼 권덕하 시편은 "이제 와 글썽"(「고향 집 일주문」)이는 순간들과 모두 "다 두고 간 자리"(「실향」)를 연민으로 그리움으로 톺아 올린다. 이 모든 것들이 "그토록 오래 걸었으나, 가도 가도 제자리인"(「오월을 걷다」) 우리의 삶을 한없이 긍정해가는 권덕하 시인의 넉넉한 품을 보여주는 실례일 것이다.

　　의자가 서 있다
　　한 번 앉아본 적 없는 의자는

누군가 앉아 있던 그대로,
파랑 대문 옆에 서 있다

아직 누군가 오지 않은 모양인데
기다릴 때는 좀 앉아도 좋으련만
두 발로 걷는 사람들 못 미더운지
네 발로 우두커니 서 있다

콧물 훔치던 소매처럼
살이 트고 가죽은 늙었다
너나없이 살아온 생애에
잠자리 머물다 가고
먼지가 다시 내려앉고

꽃잎들 뒤척이다 돌아간 뒤
바람도 앉아보곤 일 없다며
검은 비닐봉지 차올려
해 기울이는데
쓰러진 말이 일어나길 기다리듯
의자가 오래오래 서 있다

―「파랑 대문 옆 의자」전문

이 아름다운 작품은, 파랑 대문 옆에 서 있는 "한 번 앉아 본 적 없는 의자"를 통해 오랜 기억의 채도彩度를 보여준다. 그 '의자'는 누군가 앉아 있던 그대로 대문 옆에 서 있는데, 오지 않는 누군가를 기다리면서 "네 발로 우두커니 서" 있을 뿐이다. 살이 텄고, 가죽은 늙었고, 먼지가 담뿍 내려앉은 그 '의자'는 "꽃잎들 뒤척이다 돌아간 뒤"에도 "쓰러진 말이 일어나길 기다리듯" 오래오래 서 있기만 하는 것이다. 이처럼 이 시편은 대문 옆에서 홀로 낡아가는 '의자'를 통해 누군가를 하염없이 그리워하고 기다리는 형상을 노래한 작품이다. 그 비유 안에 "어둠만이 문병 오는 폐가"(「폐촌에서」)나 "빈 밥그릇에서/홀연히 환해지는/볍뉘 한 술"(「다석多夕」)도 담겨 있을 것이고, "아쟁 소리 타고 내리는 눈"(「거문들 산조」)처럼, "어둠 속에서만 들리는 미약한 빛"(「눈」)처럼 우리 주위를 흐릿하게 감싸는 것들이 출렁이고 있을 것이다.

그렇게 권덕하 시 안에 펼쳐진 서정적 문양은 우리 주위에 다양하게 편재遍在한 사물의 외관을 감각적 구체성으로 묘사함으로써 가장 잘 형상화된다. 시인은 감각적 현재형의 묘사와 함께 지난 시간에 대한 남다른 기억을 통해 사물을 구성함으로써 서정적 정점에 한 걸음 다가선다. 형식 논리적으로는 모순으로 보이는 이러한 발상과 작법은, 우리의 현재형이 과거와 완벽하게 떨어진 것이 아니라 깊은 기억을 통해 과거와 이어진 형식이라는 것을 알려준다. 이때 기억은 표면에 떠 있는 고정된 상像을 담지 않고, 당시 상황과 유사한 맥락이 도래하면 언제든지 유추적으로 재현될 채비를 갖춘 형상을 담고 있을 것이다. "마음보다 앞서 저무는 것"(「하룻길」)을 관통해가면서 "눈물에 눈먼 사람"(「유족」)을 바라보는 일이 될 터이다. 그래서 우리는 기억을 매개로 하는 시간 형식이야말로 권덕하 시학의 중요한 형질임을 재차 강조할 수 있다.

권덕하의 시세계는 자신이 걸어온 삶의 흔적을 언어적으로 구성해가는 것이 자신에게는 유일한 실존의 방법임을 암시하면서, 절망의 밑바닥에서 피워 올리는 페이소스나 미래적 전망을 열고자 하는 희망의 원리가 자신의 시적 목표가 아님을 알려준다. 오히려 그는 그러한 양극의 해석과 처방이 삶의 실재와 무관하다고 믿는 편이다. 그는 세련된 구어口語적 활력을 통해 스스로의 운명을 불가피하게 추인하면서도 그에 대한 실존적 자의식을 끊임없이 표명하고 있을 뿐이다. 이처럼 시간의 힘과 맞서는 긴장과 거리를 통해 그는 서늘하고도 따스한 자신만의 시학을 구축해간다. 그것이 바로 세상의 복잡한 이치와 원리를 자신의 경험 내부에서 보편화하려는 시인의 욕망이 반영된 것일 터이다. 이 점, 권덕하 시의 고유한 미학적 실질이요 장처長處가 아닐 수 없다. 이번 시집은 존재의 원형을 찾아가는 선연한 기억들을 통해, 그러한 성취와 가능성을 우리에게 다시 한번 충일하게 들려줄 것이다.

낱말풀이

[ㄱ]

감또개: 꽃과 함께 진 어린 감.

갯강구: 갯강굿과의 절지동물. 선박의 안이나 연안의 바위 위에 떼 지어 사는데, 몸길이는 3센티미터쯤이며, 등이 황갈색이다.

계면조: 악에서, 슬프고 애타는 느낌을 주는 음계. 양악의 단조短調와 비슷하다.

고샅: 촌락의 좁은 골목길.

귀꽃: 석등이나 돌탑 등의 모서리 마루에 새긴 꽃 모양의 장식.

[ㄴ]

낙안: 하늘을 날다가 땅에 내려앉은 기러기.

낯꽃: 얼굴에 드러나는 감정의 표시.

너울가지: 남과 잘 사귀는 솜씨.

[ㄷ]

단정꽃차례: 꽃대의 꼭대기에 한 개의 꽃이 붙는 꽃차례.

대궁: 먹다가 밥그릇 안에 남긴 밥.

도붓장수: 물건을 가지고 이곳저곳 돌아다니며 장사하는 사람. 도부꾼, 행상인.

도사리: 바람이나 병 때문에 나무에서 떨어진 풋과일.

[ㅁ]

머들령: 충청남도 금산의 지명.

모루: 쇠를 올려놓고 두드릴 때 받침으로 쓰는 쇳덩이.

[ㅂ]

벼룻길: 아래쪽이 강가나 바닷가로 통한 벼랑길.

볕뉘: 작은 틈을 통해서 잠시 비치는 햇볕이나 그늘진 곳의 조그마한 햇볕의 기운.

불목하니: 절에서 밥 짓고 물 긷는 일을 맡아 하는 사람.

[ㅅ]

술대: 거문고를 타는 데 쓰는, 대로 만들어 끝을 뾰족하게 후린 채.

숲정이: 마을 근처에 있는 수풀.

[ㅇ]

안족: 기러기발.

엄지머리: 총각.

여우비: 볕이 난 날 잠깐 내리다 그치는 비.

오래: ① 문門의 옛말. ② 한 동네의 몇 집이 한 골목으로 또는 한 이웃으로 되어 있는 구역 안. ③ 시간상으로 길게.

용담: 전라북도 진안의 수몰된 지명.

으아리: 미나리아재빗과의 활엽 덩굴나무로 줄기는 2미터 정도이며 잎은 깃
모양 겹잎이고 야생하는데 여름에 흰 꽃이 핀다.

[ㅈ]

지도리: 돌쩌귀. 문짝을 문설주에 달고 여닫기 위한 쇠붙이로, 암수 두 개의
물건으로 된다.

찔레꽃머리: 찔레꽃이 필 무렵으로 모내기를 시작할 때.

[ㅊ]

천래: 충청남도 금산의 강 이름.

추부: 충청남도 금산에 있는 지명.

[ㅍ]

편경: 옛날 우리나라에서 의식 따위에 정식으로 쓰던 궁정용 고전 음악을 연
주할 때 쓰는 악기로 두 층의 걸이가 있는 틀에 한 층마다 여덟 개씩의
경쇠를 매어 달았다.

평조: 국악에서 속악의 음계로 낮은 음조.

풀등: 강물 속에 모래가 모여 쌓이고 그 위에 풀이 우북하게 난 곳.

[ㅎ]

한련: 한련蓮과의 한해살이풀. 줄기는 덩굴 모양이고 땅 위로 벋으며, 길이
1.5미터가량이다. 여름에서 가을에 걸쳐 다섯잎꽃이 피고, 과실은 둥글
납작하며 매운맛이 난다. 어린잎과 씨는 향미료로 쓰고 관상용으로 재

배한다.

호렴: 알이 굵고 거친 소금.

횃대: 옷을 걸 수 있게 방 안에 달아매어두는 막대.

오래

1판 1쇄 인쇄	2018년 12월 3일
1판 1쇄 발행	2018년 12월 10일
지은이	권덕하
펴낸이	임양묵
펴낸곳	솔출판사
기획편집	조소연 최찬미 이신아
디자인	박민지
경영 및 마케팅	조인선
재무관리	이혜미 김용렬
주소	서울시 마포구 와우산로29가길 80(서교동)
전화	02-332-1526
팩시밀리	02-332-1529
홈페이지	www.solbook.co.kr
이메일	solbook@solbook.co.kr
출판등록	1990년 9월 15일 제10-420호

ISBN   979-11-6020-069-0 03810

• 이 책은 대전문화재단, 대전광역시로부터 지원을 일부 받아 발행되었습니다.
• 이 도서의 국립중앙도서관 출판예정도서목록(CIP)은 서지정보유통지원시스템
  홈페이지(http://seoji.nl.go.kr)와 국가자료공동목록시스템(http://www.nl.go.kr/kolisnet)에서
  이용하실 수 있습니다. (CIP제어번호: 2018036962)
• 잘못된 책은 구입한 곳에서 바꿔드립니다.
• 책값은 뒤표지에 표시되어 있습니다.